パンク60歳 これでいいのだ!

尾崎義久 詩集

土曜美術社出版販売

詩集　パンク60歳　これでいいのだ！　＊　目次

1 下手っぴな口笛で

2 なんでそうなるの！ ——コント55歳～56歳

3　これでいいのだ！　――コント57歳〜59歳

4　なんでこうなるの！　――コント60歳前日と当日に

カバー装画／勝嶋啓太

詩集

パンク60歳　これでいいのだ！

1　下手っぴな口笛で

下手っぴな口笛で

最近ますます　生きていくことも
喰い扶持を稼ぐことも　夢みることも
下手っぴになってきたようです
シュラバこそが　モノゴトの解決策だと
人間らしさが　日々　うしなわれていくようです

〈人生楽ありゃ……〉極楽だらけの人もいるみたいで
〈涙のあとには……〉四苦八苦だらけの人もいるみたいで
いつからだろう　口笛を吹かなくなったのは
最近ますます　口を動かすことも
舌を出すことも
人を愛することも

モノゴトを　まるくおさめることも
下手っぴになってきたようです

神様はなにもかもお見通しと言うけれど
なにを　お見通しなのだろう

コント55歳の幕あけから　7か月
2度目の転職することになりました
最近　歩いてみても　走ってみても
けつまずいてばかりなのです

〈上を向いて歩こう〉と
その日暮らしの　下手っぴな口笛で
話半分で　鼻で笑って
あの満月を　かじりにいこう

舌っぱら

ふけばとぶような　言葉の日々
なにを手にして　なにを手にできなかったのか
よけいな言葉が　おおすぎる日々
だれに勝って　だれに負けたというのか

夕陽のような舌を　ダラダラさせて
タタキのめされて　サラシものになって
それがどうした　それでどうした　という
前のめりな幻聴を聞きながら
右肩下がりでいこうじゃないか
言わずもがなの舌になって
発声困難になろう

舌たらずな命がけの舌心で
〈今日も一日　力いっぱい〉と
天下舌平な風に吹かれながら
成長ホルモンたっぷりな　舌っ腹になって
成熟した追憶の舌ッパになろう
哲学的な舌働きをしながら
まんじりともしない熟成した　舌ッパになろう

〈すばらしいが　どこにもない場所〉で
大の字になって
舌の字になって
おわらない日々をすごそう

二人羽織

わかるようで　わからないような
万が一が大好きで
万が一だけを想像して
万が一にそなえて
万が一にたどりつくのです

せん越ではありますが
思いもよらぬことに　意味があるようで
ないようなことが
意味ということなのか　と
波のむこうは　また波で

気のむくままに
ありのままに　あるがままを
二人羽織で　多来福　喰らって
あーそーぼー
ハナタレ小僧になって
あーそーぼー
人となりなり　のらりくらり　と
道草だらけで
生きてることが好きだから

オーシスター

ベタニアの風が吹いているよ
イエスさん一筋　たぶんきっと　間違いなく
修道院生活52年間の　筋金入りの　シスターらしからぬ
オーシスター　ジャンヌ・ダークが　天に召されました

慈生会病院の　栄養課でお世話になっていたころ
次の日　早番だというのに酔いつぶれては寝坊をしていた
〈恋するセブンティーン〉を　敷地内にあった男子寮まで
竹ボウキをかついでは　起こしにきてくれていた
ジャンジャン　ジャンスカ　ジャンさん
〈山谷〉に炊き出しに行ったり

ブラジルは　サンパウロ郊外の
小高い丘の乳児院に行ったり
「アンタ　毎晩のように
火花が　散ったかと思ったら
パンパンパンって聞こえてくるのよ
なにかと思って聞いてみたら
銃声だったのよ　銃声！」と
ちょっと自慢気に話していた
ジャンジャン　ジャンスカ　ジャンさんが
シスター　ジャンヌ・ダークが　天に召されました
そう言えば　中野サンプラザでの
披露宴でスピーチもしてもらったよな

ベタニアの風が吹いているよ
シスター　出会ってから40年だぜ
創設者　フロジャク神父の遺志により

花など一本もない素敵なミサでした

ジャンさんが　最後に残してくれた
〈主は私に
偉大なことを　おこなわれた〉という言葉を
身にまといながら
今しばらく　悼むコントだ
今しばらく　しがみついていよう
ジャンさん　またそのうちです……
今度は　俺が竹ボウキをかついで
シスターを起こしにいくから
竹ボウキに跨がって　そっちにいくから

マヨネーズと15と16

時には　昔話をしたくなるのです
いつだって小雨がふっていて
けつまずいてばかりいた　15 16 17と……
まあ　昔話なので話半分で聞いてくださいよ

奈良は〈平城駅〉の　線路脇というより
線路際のプレハブ小屋で
干してあった布団やら毛布やらを　いただいてきては
ブルーダインとレモン
万引きだらけの　マヨネーズ・ライスの日々
見ぐるしいほど愛されたかった　頭でっかちな日々
15の貴女が　喰いのこしたものは

ぜんぶ喰いつくしてやりたかったのに
ただただ　強がっていただけの　ぎこちない日々
ただただ　肌をかさねていたかっただけの日々

かたわらで　ラタがつまびいていた
〈アルハンブラの思い出〉
そのかたわらで　15の貴女が書いていた
ラジオ局への人生相談の手紙

知り合ったばかりの４つ上の　ワケありのフミ姉が
リンゴをもって来てくれました
ただただ　泣いてくれました
強がらない強さがありました

やさしくもなれず　つよくもなれず
笑うこともできない　ゆがんだ日々

君がいてくれたら　ただ　それだけでよかったのに
このさきもそのさきも　ずっとずっと　ずーっと
君が喰べのこしたものは
ぜんぶぜんぶ　喰べつくしてやろうと思っていたのに
ひとひらのひとかけらの　勇気がなかった日々
なくしたものが　夢になっていく日々だよ
15の貴女が　ただひとつ大事に持ってきたものは
名前の書いてある　赤と白のまだら模様の石ケン箱と
つかいかけの　白い石ケンで……

息ぐるしいほど　愛してしまった日々
黄金色の陽ざしのなかで　いつだって小雨がふっていて
なにもかもが　蒼白い影のなか
フォーレの〈夢のあとに〉が鳴りひびいて
黄昏れ泣きしては　駆けだす夢ばかりみていたよな
あれから40年　未だ勇敢な男になれず

こんな日は

朝ぼらけのなか
生きる気まんまんな　生ゴミになって
生ゴミを捨てにいくのです
その場しのぎの
ただしいだけの　人になるよりか
ただただ　やさしいだけの
罰当たりな　生きる気まんまんになって
見てはいけないものに　見あきて
聞いていけないものに　聞きあきて
まちがいだらけの　本当を
本当だらけの　まちがいを
叫んでわめいて怒鳴り散らして

ノドちんこを癒してやるのです

日の丸は　白地にノドちんこが
いいと言ったのは　誰ですか
夕ぼらけのなか
勇気まんまんな　不燃ゴミになって
不燃ゴミを捨てにいくのです

生きる気まんまんな　ノド仏になった
こんな日は　用もないけど
フーテンのハルさんにラインしてみるのです
〈ツメをたてながら〉
〈哀愁の太っ腹〉でパレードしませんかと

フーテンのハルさんのビッグ・スマイル

我が家のフーテンのハルさんは
「今日　熊本市内に入りました」と　熊本城をスマホで撮り
その夜　ようやっと連絡がとれると
熊本市内のゲスト・ハウスに居ると
受話器の向こうからは
何か国語が　大声でとびかっていて
「たぶん　大丈夫だから……」と
次の日　崩れかけた熊本城をスマホに撮り
城山小学校へと避難し
体育館はいっぱいで
２階の教室でお世話になっていると

ハルさんハルさん
カナダからハワイへ　フランスイタリアスペインへと
日本全国　行ったり来たりの
フーテンのハルさんよ
逆上してしまったかのような熊本に
貴女のビッグ・スマイルで言ってやれ
なんでそうなるの！　と
人の幸せを　素直に願い喜べる
人の不幸を　素直に悲しめる
そのビッグ・スマイルで言ってやれ
なんでこうなるの！　と

2 なんでそうなるの！

——コント55歳～56歳

半ケツをだした日

半ケツをだした日
すべてのトビラが　ひらかれたような気がしたのですが
ただただ痛いだけで
勝手に涙がちょちょぎれてきやがって
左大腿部に　日本列島を焼印してしまった夜

ストーブの上でグラッグラッ煮立っていた
ヤカンの首をハンテンのスソにひっかけたと思ったら
左大腿部に　日本列島が水ぶくれとなって浮かびあがり
日本列島は　うめき声をあげ
日本列島は　赤く赤くただれ熱をもち
日本列島は　悶えあがき涙をながしているのです

その夜は　ちょうど退職記念日で
盟友のクマに　サイコパスの説明を聞いたあとの
ほんの一瞬の出来事でした

日本列島は　いつまでたってもジュクジュクし
ようやっと日本列島のまわりに
カサブタができはじめたと思ったら
このカサブタは　よくないカサブタですからねと
ピンセットとハサミではがされ
日本列島は　のけぞり押さえつけられ
麻酔を打つのも痛いですからねと
日本列島は　脂汗と冷や汗をかきながら
泣き笑いでグショグショとなり
深呼吸をしましょうかと
脂汗と冷や汗まじりの　深呼吸にならないハァハァハァをし
今日は　ここまでにしときましょうかと

半ケツをだし続ける日々
ひとつひとつ　トビラが
ひらかれていくような気がするのですが
熱しやすく冷めやすい　人間なのに
いつまでたっても　熱くって痛くって
物哀しい日本列島をかかえてしまったのです

いつもなりゆきで　ひらかれてきたトビラなのですが
半開きのままにしてきたようで
いつまでたっても　開かれることも　閉じられることもなく
半開きのままで
つまりはカミさんの言うように
今までのバチが当たったんだ！　ということなのか
唯一の救いは　アソコじゃなくって
よかったということで

コント55歳　なんでそうなるの！（クラッシュ編）

舌打ち修行に出るつもりでいたのに
この歳になって　なにを思ったのか血迷ったのか
そば打ち修業に出たのです
その名も　深く生きるという　深生そばへと

コント55歳の幕あけから　9か月
二度目の転職をした　二日目の帰り道
50も半ばを過ぎての転職は大変でしょう？　と聞かれたので
ハイ　なかなかホネが折れます　と話をしながら
二日目の仕事を終えた帰り道
送迎の車（ハイエース）が大当たりを成しとげたのです

この前　転職した時は
帰り道だから送って行きますよと言うので
車に乗り込み　ドアを閉めようとしたその時　突然の強風に
ドアをあおられ　となりの車にクラッシュしてしまい
大枚10万円が吹っ飛んでいったのが
転職して三日目のことでした

今度こそ　コントのような人生に終止符を打つのだと
舌打ち修行じゃない
そば打ち修業にでた　二日目の帰り道
箱根駅伝　小田原中継所　風祭
国道1号線　スズヒロ前にて
信号待ちをしていたバスに
ハイエースがノーブレーキで大当たりしたのです
車は廃車となり　乗っていた従業員全員が救急車で
小田原市立病院へと搬送され

助手席に座っていた　コント55歳は
まんまと骨が折れたのです
右第2中手骨骨折
胸骨骨折　心臓外傷の疑いあり
折れた胸骨が心臓を圧迫し　不整脈がでている
とのことで　集中治療室へと

話は　まだまだつきないのですが
胸が苦しくなってきたので
ちょいと　ひと休みさせていただきます

コント55歳　なんでそうなるの！（クラッシュ編　Ⅱ）

〈そんでもって　ブンブンブーン〉
事故の画像を見せて　もらった　カミさんが言うには
あれを見たら　この程度ですんだのは
奇跡だよと言うのですが
骨折ですよ　骨が二か所も折れたというのに
〈シンシントウ？〉ですよ
〈新進党？〉ハテ？　投票をしたこともなければ
縁もゆかりもないのに
胸を強く打つと〈心震盪〉になることがありますと
〈新進党〉ではなく　〈心臓震盪〉だというのに

九死に一生を得たということなのか

その瞬間のコトは　うっすらと記憶にあるんです
気がついた時には　目の前にバスがあって
ブツカル！　の〈ブ〉だけが
音にならなかったのか　ならなかったのか
と同時に　これで終りなのかと……そんなコトが
脳裏をよぎったと思ったら
鈍い激突音が　腹の底にひびき
ちょっとしたら　皆のうめき声が聞こえてきて
こげ臭い　においが車内に充満し
気がついたら　救急隊員の人が２人がかりで
助手席のコント55歳を
後ろから引っぱり出そうとしていました
助手席のドアは　大当たりの衝撃で開かなかったようです
外へと引っぱり出された時
助手席のあたりから　ケムリがモクモクしていたのです

一般病棟（6F東緊急）へと　移動してから
なんとなく　振り返ってしまったのです
ちょいと　生きいそいでいたのかなと
飲みいそいでいたのは　まちがいなく
心が痛い！　心が痛い！〈心震盪〉
いつだって　置いてきぼりにしてきた　ハートだから
ここいらで　手ぐすねひいて　待ち伏せしてやろうかと
そんなコトを思いながらも
これだけの大当たりをしたのだから
買ってある　サマージャンボもミニもプチも
大当たりまちがいなかろうと
火のような痛みのなかで　一人ほくそ笑んでいるのです

北米の先住民族である　インディアンのスー族の言葉に
〈人生でもっとも長い旅は
頭からハートまでの旅だ〉という言葉があるそうで

そんな旅立ちの時がきたのではないかと
花束のようなシズクを
尿瓶にたれながしているのです

もうしばらくの　おつきあいをお願いしたいのですが
またまた　胸が苦しくなってきました
横にならせていただきます

コント55歳　なんでそうなるの！（クラッシュ編　Ⅲ）

〈そんでもって　ブンブンブーン〉と
まちがいのない不良少年が
まちがいだらけの　チョイワル　オヤジとなり
バスに大当たりしたかと思ったら
右第2中手骨を骨折し
ギプスで　かためていただいたのですが
右手は紫色にはれあがり
指先のシワはなくなり　しびれあがってふくれあがって
今じゃ　全身血行不良ですよ

手打ちそばの修業にでたはずなのに
切捨て御免の　手討ちにあったような気にもなってきて

胸骨も骨折したのですが
こちらの方は　ひたすらに安静にし
骨がくっつくのを待つだけだそうで
月にも吠えず
太陽にも吠えず　待っているのですが
未だ　胸骨は　ずれているようで
未だ　クシャミやらセキがでる時には
また　骨折してしまったんじゃないかと思うほどの痛みで
胸をかばいながら
前かがみになって　クシャミをしたその時
グンニャリと　オモシロオカシク腰をひねってしまい
三日三晩　身動きとれず　またかよ！　と思いながらも
下を向いても　しようがないので　上を向いたら
「ミサイル発射　ミサイル発射
頑丈な建物に避難してください」と
頭の上を　ミサイルが飛ぶ時代に

なりやがったのかと思っていたら
今度は　国会が解散するそうで
〈国難だから解散〉だとか
〈希望がないから希望を〉だとか

コント55歳になってからの　日々を思いかえしてみれば
〈無茶苦茶でござりまするがな〉と
なにもかもが　〈真夏の夜の夢〉に思えてきて
めっきりと秋っぽくなってきた
今日この頃　だんだんと夢から覚めていくかのようです
されど痛みはさらず　未だ痛みはおさまらず
残すところ　一か月ちょいで
幕をとじる　コント55歳ですが
赤ちゃんの手の甲のように　パンパンな右手ですが
何度でも何度でも　生まれ変わって
虹色の胸骨を身にまとい

後ろには逃げずに　前に逃げながら
〈俺には過去はない〉と
何度でも何度でも　荒野にふみだしては
コント55歳　なんでそうなるの！　と　言うのです

コント56歳　なんでそうなるの！（心不全）

なんでこうなるのと
利尿剤の点滴（一本24時間）を投与されながら
ベッドに横たわっているのです
なんでそうなるのと
二本目の点滴を投与されながら
ていねいに生きてこれなかった
日々に　思いをはせるのです
なんでこんな　ヘソ曲がりになってしまったのかと
息苦しくて　眠れない夜を2週間ほど過ごしていたのです
根性がひねくれているからなのか
左まがりの男《ダン》ディだから
心臓がひんまがっているからなのかと

思いをめぐらせていたら
不整脈だったのです
二軒目の大学病院で診てもらったところ
うっ血性心不全だったのです
その場で緊急入院となりました
なんど同じコトを言われても
何度も何度も同じ過ちを繰り返してしまうのも
その影響だったのかと考えてみるのですが

利尿剤の点滴のおかげで
二日間で一気に10キロ分の　水気が抜けていきました
まるで白菜の塩漬けです　ジャバジャバ出るのです
心臓の機能が低下し　肝臓も腎臓も役立たずになって
心臓に水がたまり　たしかに顔も足もむくんでいたようで
しみったれた　人生をあゆんできた
コント56歳が　しぼんだツラして

ベッドに横たわっていたら
俳優の　オオスギレンさんが　急性心不全で急死したという
ニュースが飛びこんできたのです

〈真冬の夜の夢〉のなかの夢なのか
うつらうつらした　コントをやっているようで
なんでこうなるの　の繰り返しが人生で
なんでそうなるの　というコントを命がけでやっているようで
うつらうつらしながら　ジタバタしているのです

そんなコントが　うまくいこうがいくまいが
人生なり行き　なり行きまかせならば
ウソのようでいて　ホントっぽい
ホントのようでいて　ウソっぽい
コントに横たわっていこうじゃないか

コント56歳　これでいいのだ！

コント56歳は　なんだか運がいいらしいから
どうぞ　ボクのお尻を見てうっとりしてください
「悪いようにはしませんから……」と
神様みたいなコトを言ってみるのです

この1年あまりのあいだに
大火傷をおったり　交通事故にあったり　心不全になったりと
いつかは死ぬんだろうけど
明日は死にたくないなと思いながらも
今日も生きているのです
コント56歳　これでいいのだ！

〈歴史的な転換点という名の史上初の米朝会談〉'18 6／12という
抱腹絶倒空前絶後の猿芝居　そんな政治コント・ショーが
シンガポールで開催されたみたいですけど
三文芝居に出すゼニなど　一文たりともありゃしねえよと
このトシになって無職になってしまった
自由と不安と恍惚よ
泣いても笑っても　心は半ズボンで
これからは　自分の都合じゃなくって
神様の都合で歩いていこうじゃないかと
〈選び疲れて眠るよりも　歩き疲れて眠りたい〉のだ

もって生まれた　これでいいのだ！　で奮闘するのだ
もって生まれた　深い深い業をグラグラケラケラ煮たてて
住生際が壊れるまえに　頭からかぶるのだ
〈誰かの祈りは　どこかでかなえられている〉と
水虫もしたたるコントで　奔走するのだ

ぬめぬめがとまらない　ぜんぜん全裸でいこうぜ
夢ではないけれど　夢みたいな現実がコントならば
コント56歳　これでいいのだ！

明日が　むくんでいたって
明日が　そっぽをむいていたって
いつだって　それはそれとして
コント56歳　これでいいのだ！

ノンちゃん　スノコに乗る

まわりの連中から　よく言われるのです
ウチのノンちゃんは　宇宙人だと
大きなお世話です
そんなことは　言われなくったって
とっくの昔から　わかっています

とかく　浮世は罪なもので
なにかと　不気味なのが世のつれづれで
浮世離れした　ノンちゃんは
ほんわりふんわり　浮雲に乗るのです
ふにゃとはしているけれど
何事にも目をそむけずに

思い込みに支配されることもなく
ふわふわと　誰もが思っているコトなのに
誰も言葉にしないコトを　ささやいて
けして人を追い詰めたりしない　正しさがぬくもりとなり
心のヒダヒダをビラビラを
ひらりひらりと　翼にかえてくれるのです

あまりにありがたくって
胸が苦しくなってきて
なんでこんなにドクドクバクバク　息苦しいのかと思ったら
うっ血性心不全だったのです
その場で緊急入院となったのですが
ノンちゃんがいてくれたから大丈夫です
本当は大丈夫じゃなかったけれど
宇宙人がついていてくれるというのは

大きな味方となるのです
ノンちゃんは
日常から　ちょいと浮いたところで生活しながら
いろいろと　面倒みてくれるのです
いつもいつも　助けてくれるのです
どうして　助けてくれるのかわかりませんが
そこは　さすが宇宙人なのです

〈庭はぽかぽか　心うきうき〉と
今日も　ふんわり　ふわぷわふわぷわ
なるほど　なるほど
ノンちゃんは　スノコに乗っているのです

3　これでいいのだ！

――コント57歳～59歳

フーテンのハルさんのビッグ・ヒップ

ハルさんハルさん
結婚するって本当なんですね
平成最後の春風は
いろんな便りを運んでくるようです

平成3年3月3日生まれのハルさんが
平成最後の　ひな祭に入籍するそうです
尾崎陽香《はるか》から　〇〇陽香になるそうです
結婚するって本当だったんですね

去年の夏　「バイクの免許を取ったので
これから買いに行ってきます」と言ってきた　ハルさん

今度はバイクにまたがって
日本各地を　放浪するのかと思っていたら……
もう　フーテンのハルさんとは呼べないですね

風天の陽香が　遠のいていくよ
それはそれで　なんとも言えなくって
いつのまにかの少女が……
なんと言えばいいのか
やはり　ありきたりのことしか言えないみたいだけど
生きているってことは
くよくよとしくしくの　コントみたいなものだから
疲れる前に　しっかり休んで
困っている人がいたら　手をさしのべて
貴女のビッグ・スマイルと　ビッグ・ヒップで
日々是バカ笑いの泣き笑いで
これから二人の　明日をつくっていってください

マンマミーア！　マンマミーア！
ハルさんの　ビッグ・スマイルはハッピースマイル！
ハルさんの　ビッグ・ヒップはハッピーヒップ！
ハルさんハルさん
結婚するって本当なんですね

平成最後の春風が
いろいろな便りを届けてくれるのです
平成元年生まれの長男に
令和元年生まれの第一子が誕生するそうです

あご？　アホ？　ＡＯ

あご……？　あお！
アホ……？　あお！
えっ　あごですか？　あお！　です
エッ　アホですか？　アオ！　です

紺碧の碧　碧玉の碧　だよと
〈碧い瞳のエリス〉の〈碧〉か……
そんなの　知らねえし……と
ようやっとこさ　話がつながって
ハワイの言葉からの　ＡＯで
ひかり　夜明け　世界　という意味があるそうで

1989年（平成元年）生まれの　長男に
2019年（令和元年）8月26日
14：06　3418gの
第一子〈碧〉が誕生したそうです

フニフニ　ポニョポニョ

どうにかこうにかの　小学生が
どうにかこうにか　中学生になって
〈なるべきオバケ〉　だらけで
なるべき大人が見当たらず
〈あるべきオバケ〉　だらけで
あるべき社会が見当たらず

どうにかこうにか　大人っぽくなって
どうにかこうにか　社会人っぽくなって
ぽっくり　ぽっくり
行き当たりぽっくりの　成り行きまかせが
日々の信条となって

シャクゼンとしない　風に吹かれながら
〈酒だ酒だ　酒がさきだよ……〉と
ヌルーッとした　天下の怠け者っぽくなって
これまでの迷走生活を　瞑想するのです

どうにかこうにか　ダメ夫になって
どうにかこうにかの　クソオヤジとなって
どうにかこうにか　ジイサマに
ならせて　いただけるみたいです

ここまできたからには
〈ゆこう　ゆこう　火の山へ
ゆこう　ゆこう　山の上
フニクニ　フニクラ　フニクニ　フニクラ……〉
これからの人生　喜ばせごっこにして
大いに喜び　喜んでいただける日々を

ヨイショ！　ヨイショ！　と　過ごせていけたらと
世界はおっぱいでいっぱいで
フニフニ　ポニョポニョの〈碧〉がいるから
根拠のないモノを　もっともっと信じまくって
〈ゆこう　ゆこう　碧がいる
ゆこう　ゆこう　碧がいる
フニフニ　ポニョポニョ　フニクラ　ポニョポニョ……〉

コント57歳　これでいいのだ！（落ちます落ちます落ちます）

トランプ米大統領の言いなりの　安倍政権は
最新鋭ステルス戦闘機Ｆ35Ａ　１機116億円を
105機も追加購入するそうです
導入決定済みの42機と合わせて
147機体制となるそうです

いつ落ちるともしれない　シロモノを
大人買いというのか？
これぞ　爆買いの　お手本なのか？
一体全体　誰のお金で買うつもりでいるのやら？
一体全体　誰が欲しいと言ったのやら？
一体全体　おいくらになるんですか？

なにもかも　思いどおりにするための
最新鋭戦闘機なのか
なにを　どう　思いどおりにしたいのやら
思いどおりにならない　コントこそが
愉快　爽快　大痛快　で

〈それでも　今日一日を生きのびる〉という
お守りのような言葉を　ぶらぶら　させながら
最新鋭ステルス戦闘機Ｆ35Ａよりも
時空を超えた　コントで
〈飛びます！　飛びます！　飛びます！〉
ちゃうちゃう　ちがうんです
〈落ちます！　落ちます！　落ちます！〉
コント57歳　これでいいのだ！

コント57歳　これでいいのだ！（ぺたぺた）

お茶の間の皆さん聞いとくれ
どぉ　どぉどぉー　どぉ　どぉどぉー　と
令和元年　10月1日より
消費税10％の　新生活がスタートするらしいっす
原発再稼働やら　最新鋭戦闘機の爆買いやら
どぉ　どぉどぉー　どぉ　どぉどぉー　と
後戻りできない　泥船の出航らしいっす
ジョワーンジャパーン　ジョワーンジャポーン　と
ドラの音を響かせて出航らしいっす

お茶の間の皆さん聞いとくれ
もともとは　社会保障のための増税なはずなのに

法人税減税？　とやらに使われるらしいっす
社会保障には　ほとんどまわらないらしいっす
オレオレ詐欺ならぬ
クニクニ詐欺の　増税振り込め詐欺らしいっす
そんでもって　老後には２千万円が必要らしいっす
やっつけ経済の　やっつけ政治は
〈殺すなかれが大前提〉で
ぺたった政治経済に　ぺたった政府に
〈私たち　このままでいいんですか？〉と
誰とはなしに　言ってみてくださいな

お茶の間の皆様方　〈愛しあってるかい！〉
未来は子供で　子供が未来で　まんまるい未来が
ぺたんた　ぺたんこ　ぺたぺた　やってくるのです
〈幸せは　もらうものではなく
自分のなかで育てるもの〉らしいっすよ　と

〈自分も周りも　幸せにする言葉〉を　ふりかざして
ぺたぺた　ぺたりながら　ぺたぺた
ジョワーンジャパーン　ジョワーンジャポーン　と
みんながみんな　不幸中の幸いだらけになればいいな　と
コント57歳　これでいいのだ！

コント57歳　これでいいのだ！（前略　AI様）

あなたには　アナタには
伝えたいコトってありますか
アゴがはずれるほど　笑ったコトってありますか
落葉にうずもれたり　言葉にうずくまったコトってありますか

風に吹かれていく　タイプですか
風に立ち向っていく　タイプですか
誰かに追いかけられたり　壁にぶち当たったり
あれもしなきゃ　これもしなきゃ　と
忙しい日々に　イライラしていますか
あんなコトしなくても　そんなコトしなくても　と
鼻歌まじりで　ブラブラしていますか

あーまた　やっちまったよ　と
悔し涙と鼻水で　グチョグチョになったコトがありますか
人には　言えないようなコトをやっては
その繰り返しで　生きていくしかないのか　と
歯ぎしりしたコトがありますか
あなたは何者かに　なりたい　と
ドブネズミになったり　濡れネズミになったり
どこか遠く遠くへ　行っちまいたいよ　と
避けては通れない道を　歩いたコトがありますか
転んだら　どうやって起き上がるんですか

除菌抗菌殺菌の　かたまりのように見える
あなたですが　やはり潔癖症とやらですか
希望と現実の狭間には　隙間が生じるものですが
あなたにはスキもなければ

空間も余白も垣間見えませんけど
自分の居場所ってあるんですか
全身センサーみたい
あなたは粋でイナセにも見えるけど
それとも雅なんですか

けして　ヒョウヒョウではなく
カリカリガリガリ　デジャブデジャブ
漂えど沈まずで　生きてきましたが
あなたは重たそうに見えるんですけど
浮かびあがるコトってできるんですか
たまには　イイコト言ってやろうだとか
人に良く思われたいだとか　気にしたりするんですか
今日のメシの　心配をしたコトってありますか
空腹だとか満腹だとかを　味わったことってありますか
子供達が　住みづらい生きづらい

明日を見つけられない　社会ってどう思いますか

人間は　不確かな生き物みたいで
不完全で不条理で不可解で
こんな世の中じゃないはずだ
こんな世の中であってはいけない　と
いつまでたっても　ツバをつけあっていますが
ツバを吐き捨てたコトってありますか

前略　ＡＩ様
自分のコトなど一切考えずに
皆様が居るからこそ　私が存在するのです　と
人様のコトだけしか思えない貴方様ですよね
それこそが　世の中が解放されていく
軽やかなる　一歩一歩また一歩となるのですよね

とりあえず　つもる話はないけれど……
一杯やりませんか！　乾杯してください！
今日は娘の結婚式なんです
ついでに　浩ちゃんこと
浩宮様の即位礼正殿の儀（'19 10／22）とやらで
国民の幸せを　と
赤坂御所にお戻りになる車中から
しきりに　手を振っていらっしゃる両陛下に
あやかって　いっしょになって
手を振るのです
世界は　どんどこどんどん　変わっていて
なにが　どうで　なにが　こうなのか　と
手を振るのです
朝からの雨も　昼過ぎにはやんで
娘の披露宴のあと
あーみんなが　幸せになれればいいな　と

ボンヤリ思いながら
誰も悪くないのに
うまくいかない時もあって
〈幸せな　何か　という　余白〉に
正しいけれど　つまらない
コント57歳　これでいいのだ！

コント58歳　これでいいのだ！（コッコロナ　コッコロナ）

息をするのも　面倒くさくなるまで
持っていたい　モノってありますか
息をするのも　しんどくなるまで
持っていることになりそうな　モノってありますか

いつも　自分のせいじゃないと言っているのですか
ただただ　皆が大切にされる世界に
そんな時代がやってくればいいのにな　と
そういう思いを持つ人達だらけになったら
世間様は　どうなっちゃうんだろうな　と
いつかは　やるんだろうから
いつかは　するんだから　という生き方だけで

息の根が止まるまで　歩いて歩いてやるんです
息がきれるほど　独歩するんです
息をのみながら　闊歩するんです

息をするのも　くたびれてしまうまで
あと　どれだけの不意打ちを喰らうのだろう
と　そんなことを思っていたら
埼玉県の栗橋にある病院で　看護師として
ＩＣＵで働いている長男から
ダイヤモンド・プリンセス号に乗船していた
中国ウイルスの　重症度のたかい感染者が入院してきた　と
病院から支給されるマスクは週に一枚で　と
そんな話を聞いていたら
なんと　真鶴町からも
ダイヤモンド・プリンセス号に乗船していた町民から
中国ウイルスの　陽性反応者が出たらしい　と

なんだか　息苦しくなってきました
9年前の東日本大震災とは
まるで違う　息苦しさと腹立たしさです
なんだか　終始一貫　腹立たしいのです

感染国を示す世界地図は　南極大陸を除き真っ赤に染まり
感染者と死者が　ふえてふえて増え続けているというのに
ボスである中国からのＯＫがでたのか　ＷＨＯ事務局長が
何を今さらの　「パンデミックとみなせる」と表明し
少なくとも　27の国と地域から
国家非常事態宣言やら　国家緊急事態宣言がだされ

そうなんです　いくら核を持とうがミサイルを撃とうが
コロナを抑止するには　なんの役にも立たず
〈ハ～ポックン　ポックンの　ココロ……〉
の　強面な　ココロのボスが

〈となりの　コッコロナ　コッコロナ……〉と
大事なモノを　大事にしつつ　歩いてきます
もう　そろそろ　気がついても　いい　コロナ　と
もう　そろそろ　桜の季節がやってきます
コント58歳　これでいいのだ！

ゴキゲンなオイタ

クズなのか　グズグズなのかと　クスクスしてやがらあ
愚図なのか　屑屑なのかと　クスクスしてやがらあ
オイタのすぎた人生だったのかと
59歳にして思い知らされて
油まみれの汗まみれで　ズンドコ　ドッコイ
屑だって愚図だって　ドッコイ　ズンドコ

スーパーの　お惣菜づくりをはじめた28日目
（２０２０年　８月28日）
連続在任日数が２７９９日（２０２０年　８月24日）となり
歴代１位の歴代最長となった
あの指名手配が

中国ウイルスなのか　熱中症なのか
青天の霹靂というやつなのか
潰瘍性大腸炎の悪化のため
絶対につかまらないはずだった　指名手配が
辞任表明をしたらしいっす
きっと　貴男は
ゴキゲンなオイタをしすぎたのでしょう

7年と8か月の　長きにわたる
ゴキゲンなオイタの数々
さぞや　お疲れになったことでしょう
本当に御苦労様でしたと言っておきましょう

コント59歳　これでいいのだ！（中学47年生の冬休み）

いつのまにやら
人の不幸が蜜の味となり
すいついて　すいつかれて
自分らしさの　探求をしていたはずなのに
自分らしさの　追究に明け暮れるようになって
ついに　中学47年生の冬休みとなりました
この冬休みは　今　流行中の3密とやらの
お味見をしてやろうか　と

口からでまかせで　人生こじらせて
うしろを向くしかなくって
それでも　明日がやってくるから

今日ぐらいは　いいか　と
〈明日からも　こうして生きていくだろうと〉
これまでの10年間が　これからの10年間だそうで
10年後も　こんなことを書いていたいから
良いも悪いも仕方ない　と
長いようで短いのが　人生らしいっすよ
この冬休みは　３密を味わいながら
この春から　中学48年生なのです

空（くう　から　そら）あり　空なし
ある人生　と　する人生
〈コロナ対策ではなく　コロナ大作を〉と
毎朝毎晩　明日の朝を待ちわびるしかなくって
中学47年生の冬休み
コント59歳　これでいいのだ！

酉雄さん

酉雄さんと過ごした　初春から真夏にかけての6か月
湯河原での桜が　最後の花見酒となりました
その昔は　よく飲みましたよね
戸田競艇や多摩川競艇やらに出向いた
帰り道では　オケラ街道でも飲みました

酒を飲めば　ニコヤカに歌いだした
一級左官技能士だった　酉雄さん
ギターをつまびいては
〈バタヤン〉が好きだった　酉雄さん
88歳の誕生日の次の日に
退院してきた翌日の

12：08　自宅で永眠した　酉雄さん
今日は一人　手酌酒で〈かえり船〉を歌います

なんの　助けにもならない
ただの　飲み友達のようでしたが
〈この盃を　受けてくれ
どうぞ　なみなみと注がしておくれ
花に嵐の　たとえもあるぞ
さよならだけが　人生だ〉
明日からも　役立たずの飲みスケで
明日からは　ノンちゃんと栄子さんと
ニコヤカに暮らしていければと思います

＊　酉雄　義父
＊　栄子　義母

仁王像

〈慈しみ深き友なる　紘花は……〉
永遠の命を　かなでてくれる　つむいでくれる
58歳ちがいとなる　〈紘花〉さん

〈慈しみ深き友なる　紘花は……〉
ありゃりゃん　こりゃりゃん　アマリリス
あるがまんまの　ありのまんまの
〈紘花〉が咲きますように
毎日　お水をやりましょう

その昔　中野サンプラザで外人さんに
ベリーベリー・ビューティフルと言われた　長女に

歯止めのきかない　美しき命の誕生です
２０２０は　〈ニオニオ〉で
歯止めのきかない　新型コロナウイルスにも負けない
〈碧〉と〈絃花〉の　仁王像となるのだ

＊　〈碧〉は２０１９年８月に　〈絃花〉は２０２０年１月に誕生した孫の名前

4 なんでこうなるの！

——コント60歳前日と当日に

コント60歳前日に　なんでこうなるの！
（コトちゃん時間ですよ！）

「コトちゃん時間ですよ！」と
言ってみたって　誰からも返事はなく

その日は　コトちゃんのデイ・サービスの日で
その日は〈パンク60歳　これでいいのだ！〉
（尾崎　還暦！）の前日で
33回目の結婚記念日の前日で
その日は　還暦祝いと結婚記念日の祝いをかねて
伊豆への旅行のまっ最中だったのですが
コトちゃんがお世話になっている
地域のケア・マネさんから

携帯に電話がかかってきたのです

「今日はコトさんの　デイ・サービスの日だったのですが
いつもは　外に出て待っているコトさんが
今朝は居らっしゃらなくって　お休みをする日は必ず事前に
連絡をいただいていたのですが　今朝は連絡もなく
インターホンを押しても　電話をかけても　応答がなく
ポストには朝刊が入ったままなので
玄関ドアに　メモ書きをはさんでおきました」という
「連絡が　デイ・サービスの方からありました
私どもも　行ってみたり　電話をかけているのですが
応答がなく　メモ書きもそのままの状況なので
これから　戸塚警察署の方に連絡をして
ドアを開けてもらおうかと思っているのですが
よろしいでしょうか」という　内容の連絡がきたのです

コント60歳前日に　なんでそうなるの！　と
還暦祝いと33回目の結婚記念日　前日の旅行は
足止めとなり中断となり
その2時間後ぐらいに　ケア・マネさんからの電話が鳴り
「今さっき　コトさんの家に入り
コトさんは　キッチンで倒れていて……」と
涙声で伝えてもらっている　最中に
戸塚警察署の　○○ですと　話し相手が変わり
「尾崎コトさんは　キッチンで前のめりになって
血を流して倒れています
すでに息をひきとっている状態で
死後硬直がはじまっています」と
その数分後に
「新宿消防署　救急隊員○○です
○：○○　尾崎コトさんの　死亡確認いたします
心停止　脳死状態ですが　ご家族としては……」

「ハイ！　死亡ですね……
ハイ！　戸塚警察署ですね
わかりました　ハイ！　ハイ！」と
どのような　会話をしていたのかは記憶にないのですが
湯河原の自宅に一旦もどり　礼服を用意して
東京へと向かったのです

小田原厚木道路で　渋滞に巻きこまれていると
戸塚警察署の　○○刑事より
「尾崎コトさんの御遺体は　戸塚警察署に安置しています」
というコトで　コント60歳前日に　なんでこうなるの！　と
戸塚警察署に向かったのです
尾崎還暦！　祝いの前日に　33回目の結婚記念日の前日に
旅行中のまっ最中に
なんでこうなるの！　コトちゃん　と

コント60歳前日に　なんでこうなるの！
（コトちゃん時間だってばさ！）

「コトちゃん時間だってばさ！」と　言ってみたって
誰が返事をしてくれるというのか
ぐうの音も聞こえてこないというのに

東名高速は集中工事中で　全然　進まず動かず
その影響で　小田原厚木道路も渋滞していたようです
戸塚警察署の　〇〇刑事に
「東名が集中工事中で　全然　進まず
そちらに何時に着くのか分かりません」と　伝えれば
「私は今晩　夜勤？　なので　何時になっても
かまいませんので　気をつけて来てください」と

なんとなく　気が楽になりましたが
へんに　気がはりつめていて
江利っぺ（妹）に連絡すると
「なんで！　なんで！　どういうコトなのよ！」って　言われても
コトちゃん　なんでこうなるの！　と
心の中で思うだけで
ずーっと　運転をしてくれている　ノンちゃんも
きっと同じコトを　ずーっと思っていたコトでしょう

湯河原から　2時間で着く道のりを　6時間もかかって
ようやっと　戸塚警察署に　たどり着いたのです
受付けで「尾崎コトの身内のものですが
〇〇刑事さん居らっしゃいますか」
「少々　お待ち下さい」と
ところが　〇〇刑事さんは少々待っていても　なかなか現れず
ようやっと現れた　〇〇刑事は

「〇〇です　ご長男さんですか」と
どことなく胡散臭い眼差しを感じながら
「コトさんの　御遺体は　地下の死体安置所に安置しています
これから　本人確認をしていただいて
その後　お話を聞かせていただきます
その前に少しだけ　よろしいでしょうか」というコトで
「御遺体は　明日監察医に検体してもらい
解剖の必要がなければ　死亡届と死体検案書を出してもらい
その後　引き取ってもらうことになります
安置する場所がなければ　この近辺の葬儀屋を紹介することも可能です
コトさんのお宅の方も解剖の必要がなければ
入れますが　それまでは入れませんので
よろしく　お願いします
監察医は　明日の朝一番に来ることになります」というコトで
「それでは御案内します」と
地下の死体安置所へと向かったのです

鑑識課？　の刑事さんが　もう一人いて
「やれる範囲で　キレイにしましたけど」
〇〇刑事が「どうぞ確認してください」と
もう一人の刑事さんが
顔にかけてある　白い布をめくってくれたのです
「尾崎コトさんに間違いありませんか」
「ハイ！　間違いありません」と
まぎれもない　まったくな
コトちゃんが横たわっていたのです
「どうぞ　お線香をあげてください」と
顔についていたであろう血は　キレイに拭われていて
顔を打ちつけた時に　唇が切れて腫れ上がっているようでしたが
あとは　と　言えば
切り傷のような　すり傷のような痕が多少あり
うっすらと　青アザが残っている程度で

思っていた以上にキレイな顔立ちの
コトちゃんが　横たわっていたのです
人間の最期の場所とは　いずこにいずこに　と
おでこと頬をさすり
お線香を２本立てたのです
コトちゃん　なんでこうなるの！　と
なんでこうなるのよ！　コトちゃん　と

コント60歳当日に　なんでこうなるの！

（他人事のような　コトちゃん）

「コトちゃん　御苦労様ンマミ～ア～でしたよ！」と
言ってみたって　誰からの返事もなく
人の顔を見れば　いつだって小言を言っていた
コトちゃんの　心と躰が　発酵しはじめたようです

コント60歳の当日に　尾崎還暦！　の当日に
33回目の結婚記念日に
ノンちゃんの練馬の実家から
戸塚警察署に向かったのです
着いたら　妹夫婦はすでに来ていて
「今　面会して　お線香を　あげてきた

思っていたよりキレイな顔をしていたので　良かったよ」と
デカちゃん（〇〇刑事）と　葬儀屋さんと合流したのです
デカちゃんが言うには
「監察医が来るのが　かなり遅れてしまいそうなので
さきに　葬儀屋さんと打ち合わせをしていただいて
来しだい連絡をするというコトでよろしいでしょうか」
「それでは　解剖しないというコトで
話を　すすめていきましょうか」というコトになり
葬儀屋さんに　向かったのです

葬儀屋さんに着くと　いきなり　本題に入ってきて
「今はコロナ禍なので　一日葬で済ませてしまうのが
主流になっていますが　どういたしますか？」
妹夫婦とノンちゃん　目を合わせ
「一日葬でお願いします」と
「では　一日葬というコトで話をすすめていきます

告別式の斎場　火葬場の希望はありますか？」
「この近辺でお願いします」と
パンフレットを見せてもらい
妹夫婦とノンちゃんと相談し
葬儀屋さんにも相談にのってもらいながら
告別式の斎場と火葬場を決め
「今日中に　監察医から死亡届が出れば
それを持って　新宿区役所に提出し
火葬許可証をもらってきますので
日取りと時間を決めていきたいと思いますが
今日は25日なので　28日ぐらいで空いていたら
押さえてしまいたいと思いますが
もし　日にちの変更があったとしても
キャンセル料は発生しませんので　よろしいでしょうか？
精進落としは　どうなされますか？」
「28日でお願いしてもらって　精進落としもお願いします」

「では　お昼に合わせて　空き状態を確認してみます」と

コトちゃん　さすがにプロと言うのか
なにからなにまでスピーディに　話がすすんでいくのです

「28日　斎場と火葬場は空いているのですが
お昼の時間帯が　告別式が12：00から　火葬場が13：00
斎場にもどってからの　精進落としが
14：00になってしまいますが　大丈夫でしょうか？」と
妹夫婦とノンちゃんと言葉を交わし「お願いします」と
「わかりました　それでは押さえておきます」
「お願いします」と

コトちゃん　まるで他人事のように　なにからなにまで
物事が完璧にすすんでいくのですよ
コント60歳の当日に　尾崎還暦！　の当日に

コント60歳当日に　なんでこうなるの！

（ホカホカな　ボン吉とコトちゃん）

「コトちゃん　申し訳ありませんが
ちょこっと　一杯やらせていただきますよ」と

葬儀屋さんを出て　早稲田通り沿いの〈餃子の王将〉で
生ビールと餃子を頼んだのです
一口飲んで　人生60年目の　深く長いため息を一つ　ついて
心のなかで「コント60歳に乾杯！　尾崎還暦に乾杯！」と
二口目を飲んで　もう一つため息をついて　脱力したのです
ビールを飲んでいるのか　餃子を喰っているのか
わからぬままに　なぜか　食欲に火がついて
五目そばにニラレバに半チャーハンを注文したのです

無我夢中になって　喰らいついて
普段では考えられない量をたいらげたのです
もうなにも　考えられないぐらいに
腹がパンチクリンのパンパンとなり
満腹感と　なぜだか　満足感と幸福感にひたりながら
あー喰った喰った　喰い過ぎた　と店を後にしたのです

あー喰った喰った　喰い過ぎた　と
〈王将〉の脇道の途中にあった公園で　一服している　と
ボン吉（中学一年からのポン友）から
ラインが入り「オッ！　ボン吉」と出る　と
聞いたコトのない女性の声で
「朋治の義姉ですが　尾崎さんですか……」
今朝　朋治が心不全でなくなりまして……」
「エッ！」「エッ！」と　ワケがわからなくなり
「一週間前の履歴に尾崎さんとの通話記録が残っていたので」

「そうです　ボン吉とは中学時代からのポン友で」
「ダンナから聞いてますよ」と
ボン吉の兄キは　太子堂中学校の三つ上の先輩で
ボン吉のオフクロさんが亡くなった時には
オヤジの骨も村田さんの骨も拾った
幡ヶ谷斎場に骨を拾いに行ったのです
「実は昨日　自分のオフクロが亡くなって……」
「そうなんですか　今　大丈夫ですか……
朋治の告別式は　30日になりますので
もし　都合がつけばと思いまして」
「わかりました　参列します」
「大変な時に申し訳ございませんでした
ダンナにも伝えておきます
詳しいコトはラインに入れときますので……」と
今晩にでも　ボン吉にラインして

オフクロが　昨日　亡くなったコトを伝えようと思ってたのに
もう　なにがなんだか　わからぬままに
コント60歳当日に　尾崎還暦の当日に
コトちゃんの亡くなった翌日に
ボン吉なんでこうなるの！　なんでこうなるのよボン吉！　と
しきりに煙草をふかして　ゲボゲボしていたら
戸塚警察署の　デカちゃんより
「監察医が来ましたので　お願いします」と連絡が入り
ボン吉が　死にやがった
ボン吉が　クタバリやがった
「コトちゃん　今朝　ボン吉が亡くなったてさ」
中学生の頃から　泊まりに行ったり来たりの仲だったので
コトちゃんも「ボン吉君　ボン吉君」と
コント60歳の当日に　ボン吉が　死にやがった
尾崎還暦の当日に　ボン吉が　クタバリやがった　と
戸塚警察署に向かったのです

コント60歳当日に　なんでこうなるの！
（終わり良ければ　すべて良し！）

外に出るとネオン街になっていて　うすら寒くって
うすら笑いを一つ浮かべて　身震いを一つして
明治通りから早稲田通りへ　「さて　さて」と歩いている　と
また　コトちゃんの声が聞こえてきたのです
「さあ　アンタ　これからが大変よ！」と
「うるせぇってぇの　んなコトわかってぇらあ！」と
高田馬場駅前を通り過ぎ　ガード下をくぐりぬけ
ズンズクズンズン　早稲田通りを上りきり　マルエツで
アルコールとツマミと弁当を買い込み　家に向かったのです

すると　家の前で見知らぬ中年男性が
インターホンを押していたのです

「ハイ！」と返事をする　と
「東京新聞ですが集金に来ました」
「そうですか　この家の身内の者ですが
昨日　亡くなったので　新聞は今日まででというコトで」
「そうでしたか
昨日と今日の朝刊がそのままに　なっていましたので」と

扉を開けて　ブレーカーを上げて　電気をつけると
いつもと変わらぬ玄関と　いつもと変わらぬ家の臭いで
キッチンに入ると　たしかに　干からびた血の池があって
テーブルの上に「11／24デイ・サービス　朝食6：30する」
という　メモ書きが置いてあったのです
それを目にした時「あ～あ～　あ～あ～　コトちゃん」
「あ～らら～　こ～らら～」と眼水《ガンスイ》が
たれてきたのです　眼水をたらしながら
干からびた血の池に　洗剤をふりまいて

お湯で湿らせた　タオルをかぶせたのです

ビールを一口グイーッ　と飲んで　ゲップをし
ノンちゃんに電話をしたのです
「死因は虚血性心不全で　解剖の必要はなかったコト
家に入ったのが　18時過ぎになってしまったコト
ボン吉が今朝　心不全で亡くなってしまったコトを伝えると
絶句し！　しばらく固まってから……
義母は入院せずにすんだコト
いちおう　簡単な誕生日祝いの準備はしていますけど
泊まるのなら　また連絡ください」と電話をきったのです
とりあえず　一息つこう　とコタツに入り
「あ〜あ〜」と　今日一日のコトを振り返りつつ
グビイ！　グビイ！　ビールをあおって
今晩　これから　やるべきコトを思っていたら
誕生日祝いは　またこの次にして

今晩はココで　コント60歳当日に　なんでこうなるの！　と
酔いつぶれてしまおう
尾崎還暦！　の当日に　なんでこうなるの！　と
ココで酔いつぶれてしまうのがお似合いだ　と
飲みはじめたのですが
まだまだ　成仏していないコトちゃんが
「酔っ払う前に　キッチンを
キレイにしちゃってよ！」と　うるさいので
かぶせておいた　タオルで拭き取りながら
流し台にあった　スポンジでシュル！　シュル！　やっていたら
なんか　情けなくなってきちゃって　あ〜らら〜こ〜らら〜
と　また　眼水がたれてきやがって
すると　コトちゃんが
「アンタ　これまで　どれだけ面倒みてきたと思ってんの
これぐらいのコトで　泣いてんじゃないでしょうね！」と
あいかわらずの　コトちゃんだから

〈ママ！　が言うから　ママならぬ
ヘイ・ママ！　ロックン・ロール
ヘイ・ママ！　ロックン・ロール〉と
ゴシ！　ゴシ！　やりだしたら
コトちゃんが　跡形もなくなっちゃったので
コトちゃんの　遺影にする写真を探しつつ
コトちゃんが　昨日の朝まで横になっていた
ベッドに横になってしまったのです

そう言えば　４年前　コント56歳が緊急入院した時も
コトちゃんと同じ死因の虚血性心不全でした
ボン吉と同じ死因の心不全でした
今でも　朝晩と薬を飲んだり飲まなかったり
今だっていつだって　心不安で
飲んでも飲んでも　渇いていて
ベッドでウツラウツラしている　と　コトちゃんが

「終わり良ければ　すべて良し！」と言っていたので
「なら　良かった　良かったよ……」と
ウツラウツラ　言っていたのです
なにが良かったのか　さっぱりわかりませんが

折り目正しく　前向きに生きてきた
コトちゃんだから
折り目正しく　前向きに倒れたんですよね
これからも　コント60歳なんでこうなるの！　と
つまらない　大人にはならぬように
〈スチャラカ！　スチャラカ一筋！〉
邁進しちゃって　精進しますので
成仏なんかしないで　そこらへんをウロウロしながら
熱い熱い入れ歯で「なんでこうなるのよ！」と
コトコト　コトコト　言っていてくださいな
コント87歳　なんでこうなるの！　と

終わり良ければ
すべて良し!

パンク60歳　これでいいのだ！（尾崎　還暦！）

「尾崎は　居ても居なくても　おなじだからな」と
言われながらも
ゴクツブシの　ノスタルジーだらけで
長生きも　芸のうちなんじゃい！　と
本当に　その日はやってきて
コント60歳　これでいいのだ！　と
尾崎　還暦！

さじ加減も　わからぬままに
貧乏神に借金して　死神様に保証人になってもらい
やましいコトだらけで　しでかしちまった　茶番劇
大人は　いつだって　悪フザケをしてやがって

「大人はわかってくれない！」と　未だに言ってやがる
コント60歳　なんでこうなるの！　と
尾崎　還暦！

秘め事だらけで　生きてきて
秘め事がなけりゃ　生きてられなくって
周囲を見渡しても　トシをくったガキばかりで
だけど　みくびるなよ
こう見えて　種の保存と繁栄はすませているのだ
コント60歳　これでいいのだ！　と
尾崎　還暦！

「バレてないとでも思っているの！」と　言われたって
60にもなれば　そりゃ　身に覚えが
あるようでないような　コトばかりで
そりゃ　覚えてられない　日々だらけで

そりゃ　忘れられない　季節もあって日付もあるけれど
毎日を反則の　奥の手で生きていて
それはそれで悪くない一日で　ちゃんとした息づかいで
まだまだ　わんぱくな　明日だらけの
コント60歳　これでいいのだ！　と
尾崎　還暦！

けして　その人の〈料簡〉には　なりきれず
断念の積み重ね　未完成だらけを完成品とし
〈世界がぜんたい幸福にならないうちは
個人の幸福はあり得ない〉と
コント60歳　これでいいのだ！
誰にも媚びずに　いらない明日などない！　と
やることなすこと　赤タン青タン　すかたんたん　で
信じられないコトが　次から次へ　と
ヤレルーヤ～　アレルーヤ～　ハレルーヤ～

どうかどうか　と
でまかせは口からしか出なくって
〈ダメだコリャ〉と　言いながら
パンク60歳　これでいいのだ！
尾崎　還暦！

著者略歴

尾崎義久（おざき・よしひさ）

1961年　東京生まれ
1981年　潮流詩派の会に参加

詩集　1981年『どぶ川のブルース』（潮流出版社）
　　　1983年『喰いてえブルース』（潮流出版社）
　　　2012年『哀愁の太っ腹』（潮流出版社）
　　　2016年『ツメをたてながら』（潮流出版社）

所属　潮流詩派の会　日本現代詩人会

現住所　〒178-0064
　　　　東京都練馬区南大泉1-18-19

詩集　パンク60歳《さい》　これでいいのだ！

発行　二〇二三年四月二十三日

著者　尾崎義久
装丁　勝嶋啓太
発行者　高木祐子
発行所　土曜美術社出版販売
〒162-0813　東京都新宿区東五軒町三—一〇
電話　〇三—五二二九—〇七三〇
FAX　〇三—五二二九—〇七三二
振替　〇〇一六〇—九—七五六九〇九
印刷・製本　モリモト印刷
ISBN978-4-8120-2754-7　C0092